和你一起陪地球晒太阳

坏心

小孩

/

著

Huaixin

Xiaohai

Works

长江出版社
CHANGJIANG PRESS

集合 016	格式化 040
云后的世界 018	认领一座岛 041
雨 020	悬案 042
放假 021	法则 043
乘凉 022	你说 044
结果 023	可以 045
路过 024	一滴雨 046

晒一晒	002
窗	004
躺平	006
听风	008
墙	010
呼喊	011
风景	012
记忆	014

回家	025
距离	026
伞的一生	028
堵车	030
下车	032
不值得	034
填补	036
人间书店	038

篇章一　太阳底下的新鲜事

嘿，小孩	064
内耗	066
隔绝	069
剧目	071
大人	073
拼图	074
起源	076

高铁	085
同类	086
不在意	087
都一样	088
选择	089
成为	090
不等了	091

镜子	051	如此	077
模仿	052	失控	078
红绿灯	054	决定	079
上岸	056	空间	080
救赎	058	逃兵	081
死结	060	省略号	082
对手	062	你	083
选择性活着	063	误解	084

篇章二　有选择地活着

期待	108
今天	109
决定	110
入口	111
向善	112
啤酒小串	113

遗址	124
寻找	126
别心急	127
路灯	128
允许	129
拥有	130

朋友	闭眼	行李	钥匙	出发	重塑	醉鬼
106	104	103	100	098	097	095

椅子	不顺路	不同	网	算了	没关系	同伙
122	120	118	117	116	115	114

篇章三　我必须去醉一场

一天	和好	完整	三行小诗	难测	一天	胜利
153	152	151	150	149	148	146

真实	配合	双刃	谎言	迷宫	构成	看情况
168	167	166	165	164	163	162

失控 132	日记本 154
安检 134	珍惜 155
留言簿 136	小小世界 156
回忆 138	瞬间 157
路口 140	噩梦 158
梦是什么颜色 142	来路 159
原地 144	自由 160
赴约 145	保温 161

篇章四　盛大的约会

桂花香味 204	台灯 222	
闷气 202	好消息 221	
打扫 200	晚安 220	
高烧 198	告别 219	
打扰 197	荔枝 218	
十八 196	问路 217	
收音机 195	交接仪式 216	
一起吃饭吗？192	答案 215	
剩饭 190		

糖衣药片	172	消气	205
失眠	174	独处	206
位置	176	遗憾	208
人间失序	178	小乡	209
车流	180	消失	210
叛逆	182	减负	211
心跳	184	等	212
游乐场	187	谢谢你	213
乌云	188	愿望	214

篇章五　如果有人来哄我

篇章一

太阳底下的新鲜事
TAIYANG DIXIA DE XINXIANSHI

◎ 晒一晒

要把陈旧的日子
拿出来晒晒
太阳底下
永远有新鲜的事情

◎ 窗

在不透风的墙上
砸出一扇窗
让风雨都进来
把井底的梦吹开

◎ 躺平

累的时候

我就干脆躺平

任由世界从我头顶经过

◎ 听风

风在旷野上肆意惯了
莽撞地闯入丛林
止不住地叹息

◎ 墙

我来这个世界时
四面空荡
我东拼西闯地捡些砖块
来筑自己的墙

◎ **呼喊**

你要是想找我
就大声喊我的名字
如果你离我不远
风会传给我

◎ 风景

偶尔有要越过人潮
才能看到的风景
后来我也把人潮
当风景

◎ 记忆

我们有些尴尬地见上一面
用很宝贝的回忆
撑住这未见的好几年

◎ 集合

冬天的太阳
是一种信号
人们不约而同从洞穴出来
分散在阳光下的各处

◎ **云后的世界**

如果你好奇白云后面的世界
就要耐心地等一阵刚好路过的风
把云吹散开

◎ 雨

有一些无关紧要的事情
需要浪漫的人去关心
下一场雨的第一滴
会落在哪里

◎ 放假

和你见一面才是我人生里
　真正意义上的放假

◎ 乘凉

晴朗的日子里
遍地都是阳光
难得找到一个暗处
也是值得开心的

◎ **结果**

就选在今年的春天
把心事种下
等来年的春天
发出新芽

◎ 路过

有的小镇

没有名字

除了路过

不知如何到达

◎ 回家

我在出发前就知道了
这世上的所有路
终点都是家

◎ 距离

远看一朵花

真假都不重要

你要凑近

就知道它有没有香味

◎ 伞的一生

我问伞
淋了这么多场雨
你难不难过
伞说
我生来就是要淋雨的
我淋了雨才有人敢冲进雨里

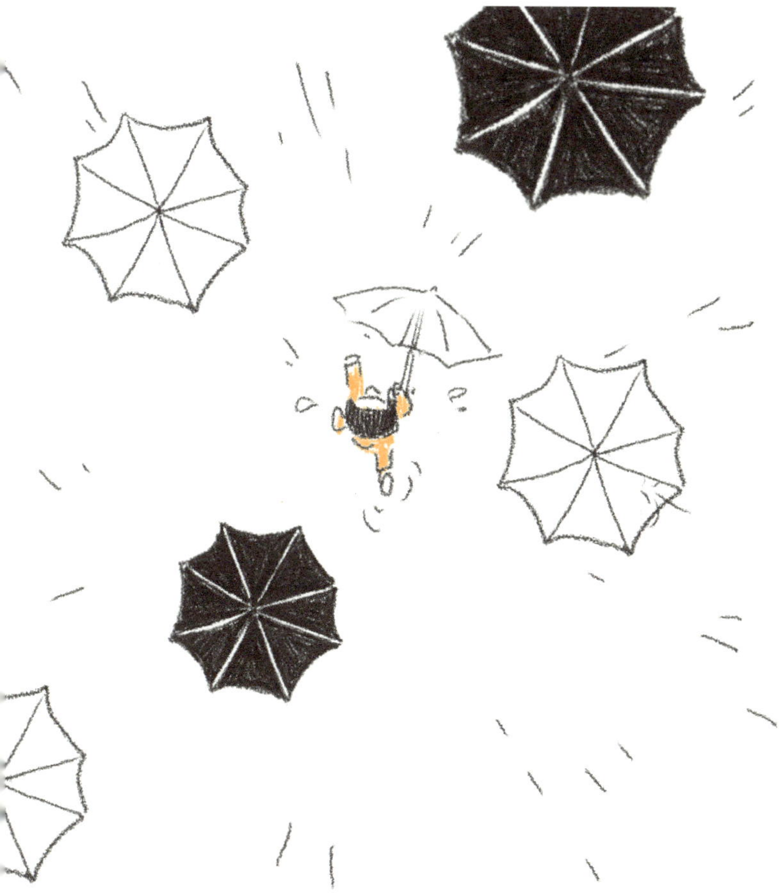

◎ 堵车

碰到堵车
才有空和旁边的树打个招呼
不然车会一直开
遇到森林也不停下

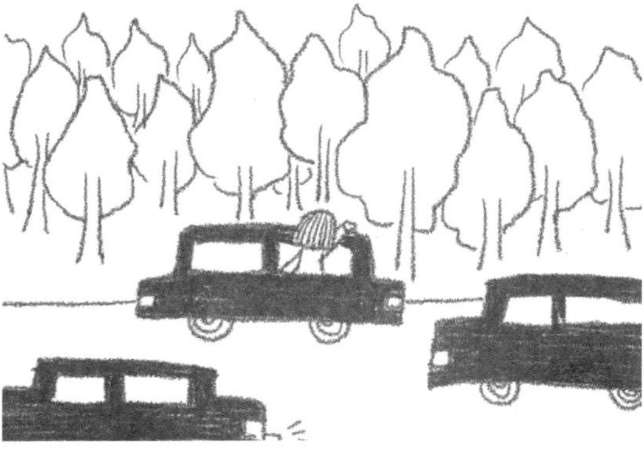

◎ 下车

要开的列车是不等人的
年轻的人都在匆匆告别
我上错车了
它并不通往大海

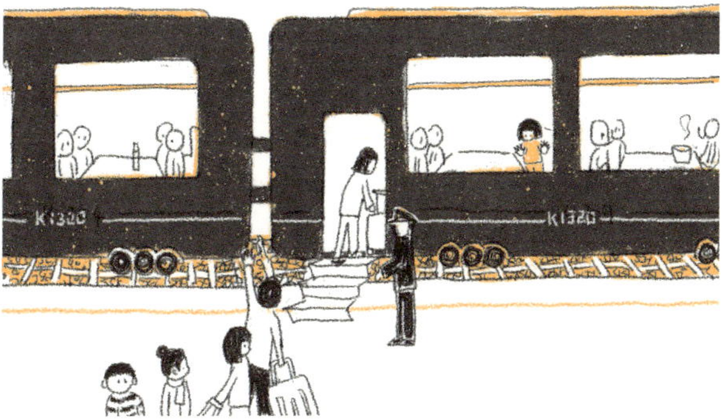
K1320
K1320

不值得

放不下的事情
要不就去问一棵歪歪扭扭的树
他会告诉你
不直的(值得)

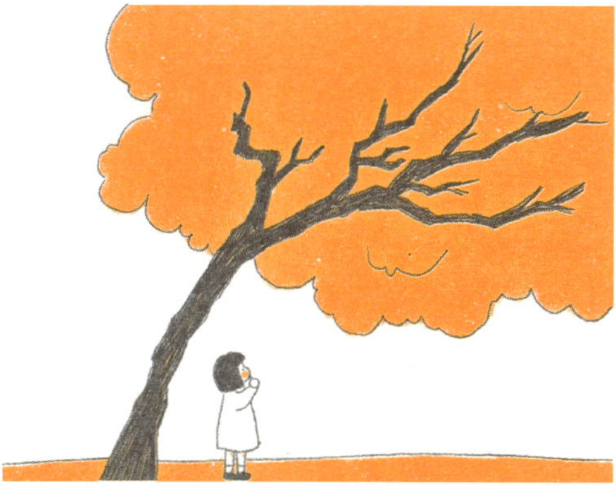

◎ 填补

这人生千疮百孔
有些洞不是要缝起来
是要填起来的

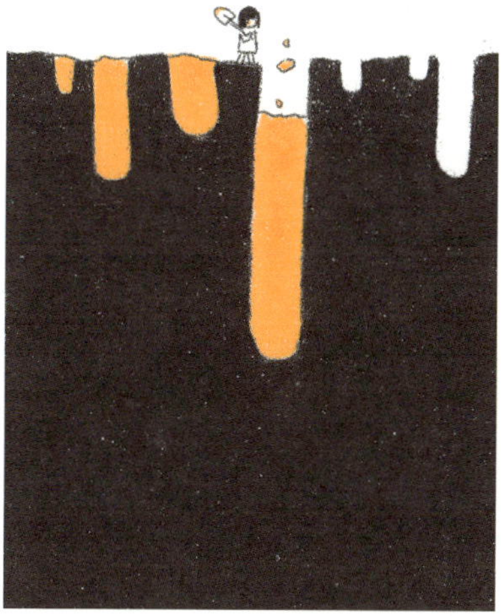

◎ 人间书店

世人像书
我选几本感兴趣的来读
总有烂尾的
总有读不到结局的
总有一翻再翻的

◎ 格式化

每和一个陌生人擦肩
就有一段上天写好的故事被格式化了

◎ 认领一座岛

天空是另一片海
每一朵云
都是漂浮的小岛
我每天都认领一座

◎ 悬案

玫瑰上吊

爱就成了悬案

唉

难判

◎ **法则**

快乐人生法则
要么装傻
要么发疯

◎ **你说**

你说我像矿泉水

可你却一直举着酒杯

一次也不肯让我稀释你的孤独

◎ 可以

可以放声哭泣
可以自言自语
可以暂时朝世界的
反方向走去

◎ 一滴雨

我要是一滴雨
那我一定要冲入一场滂沱大雨里
但我是一个人
却迟迟不敢闯入人海里

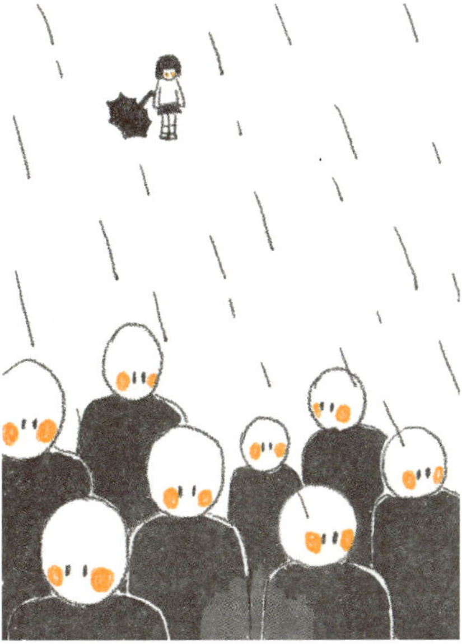

篇章二

有选择地活着
YOU XUANZE DE HUOZHE

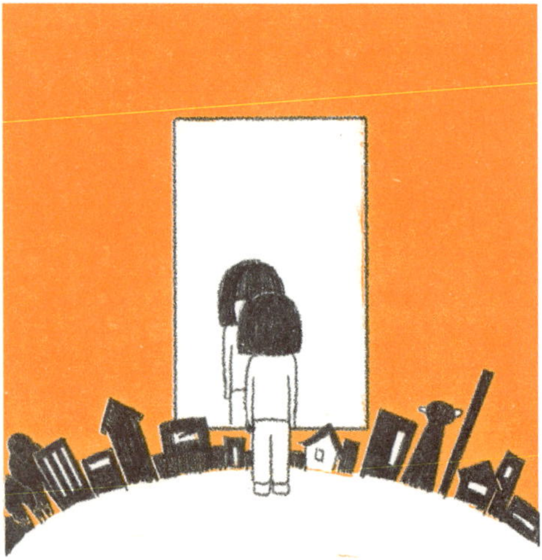

◎ 镜子

我希望我是一面不碎的镜子
　　让世界看到世界
　　　让你看到你

◎ 模仿

哈哈哈哈哈哈
哈哈哈哈哈哈
我这个人
最擅长模仿快乐的样子

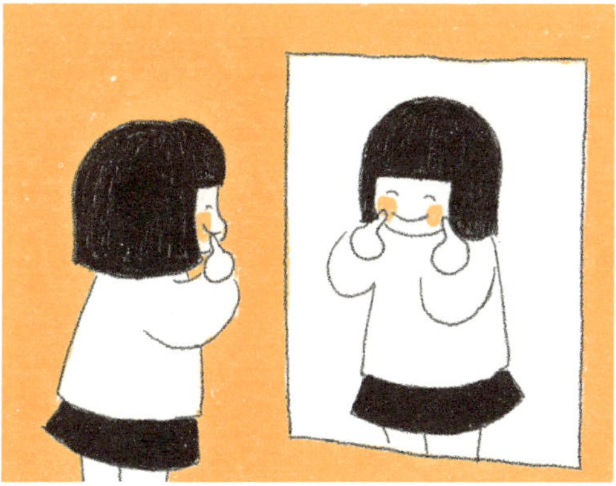

◎ 红绿灯

行人慌张地跑过马路
争抢绿灯的最后几秒
其实总有下一个绿灯的
其实没必要跑的
但人们习惯了

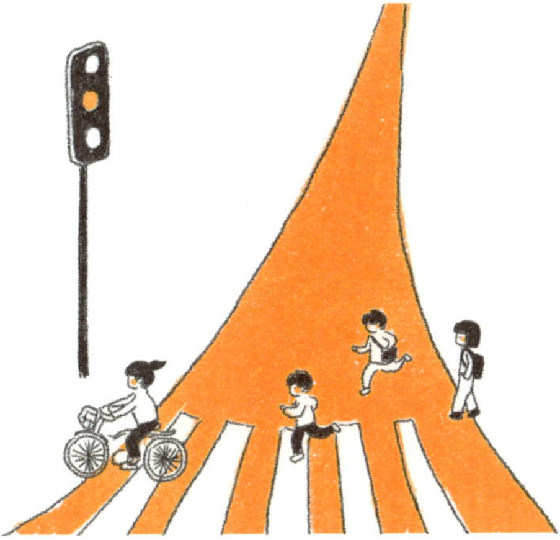

◎ 上岸

我在人海里
划着我的船
滔天的浪掀不翻我
只能送我上岸

◎ 救赎

我一次次地走进海里
远方的海浪一次次赶来
推我回去

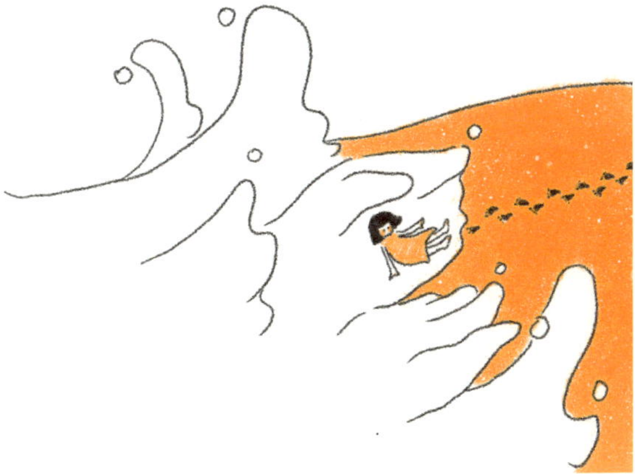

◎ 死结

沉默的人
只是在低头解开一个个别人打上的死结

◎ 对手

要被苦难打倒无数次
直到终于成为它的对手
它不能再击溃我了

◎ **选择性活着**

大多数时候

我都不算真的活着

我只活在那几个只属于我的重要时刻

◎ 嘿，小孩

我总是朝着这个世界龇牙咧嘴
这是我开的小孩玩笑
有路人拍拍我的脑袋
说
你可以不开心

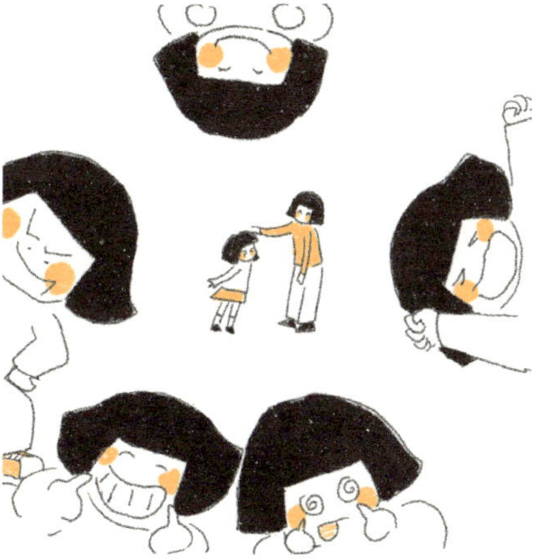

◎ 内耗

自己和自己战斗
成功了叫战胜自己
失败了叫精神内耗
我总是失败

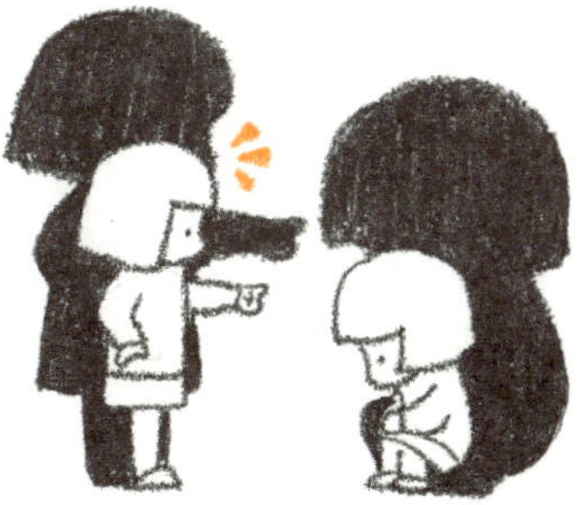

◎ **隔绝**

那些无论何时都戴着耳机的年轻人

在人群里努力隔绝出自己

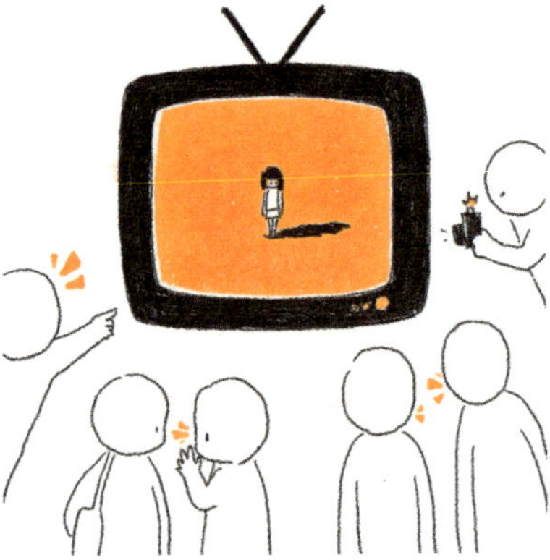

◎ 剧目

电视里演的故事
有些和我的相似
有好奇的人来围观
但也别想我演得卖力

◎ **大人**

时间不留情面
不顾意愿
把人变成大人
可叛逆的小孩
从不肯乖乖就范

◎ 拼图

我把自己撕成一片一片
才拼成了如今我喜欢的样子

◎ 起源

朋友好奇人从哪里来
我更好奇人会去哪里
难怪大家都说
我比他悲观得多

◎ **如此**

我行走的一生里
身体在走向衰亡
但灵魂在接近茂盛

◎ 失控

拿出一点儿时间去发疯
生活和我都需要一点儿失控

◎ 决定

我不再冷静克制和忍受
在吵架的时候
我要最先发疯

◎ **空间**

天花板到地板之间
不是我的空间
天和地之间才是

◎ 逃兵

感性和理性
各自为营
无论我走向哪边
都像是另一边的逃兵

◎ 省略号

心软的人

话都只说一半

留一半给沉默的省略号

◎ 你

我用很多辞藻形容你
以为足够
其实并不准确
你只是你

◎ **误解**

"我以为"
就是人生里所有的误解

◎ **高铁**

坐高铁的这几个小时
就像反复经历的一小段人生
一会儿看见这个世界
一会儿又看见自己

◎ 同类

差不多的箱子
能叠得很高
差不多的人
拉着手能走得更远

◎ **不在意**

可以在别人的眼里看到自己

也可以不看

◎ 都一样

你看街上的人

谁不是破碎后又被胡乱拼凑起来

◎ **选择**

如果你赶时间
就不用花时间等我
除非你觉得
我比时间重要得多

◎ 成为

我们都在十八岁的年纪

等一封来自二十八岁的信

信上会写

勇敢地去做每一个选择

并坚定地成为"我"

◎ 不等了

她孤零零地站在楼下
像在等人
又像在等车
她又孤零零地走了
像是从来没等过什么

篇章二

我必须去醉一场
WO BIXU QU ZUIYICHANG

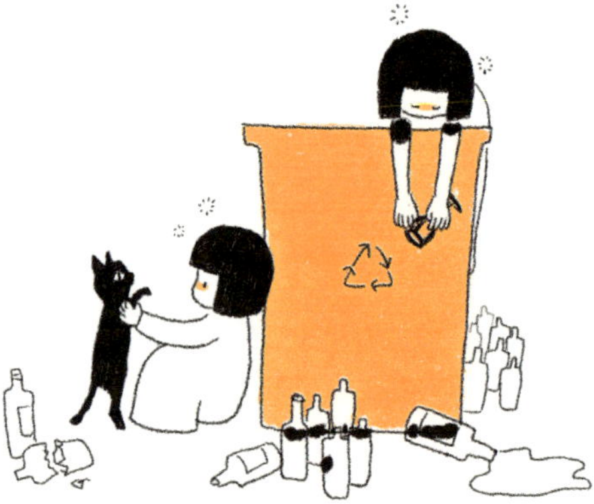

◎ 醉鬼

那些深夜里酒醉后的真心话
都说给谁听了
大概是路边的垃圾桶
路过的野猫
或者另一个醉鬼

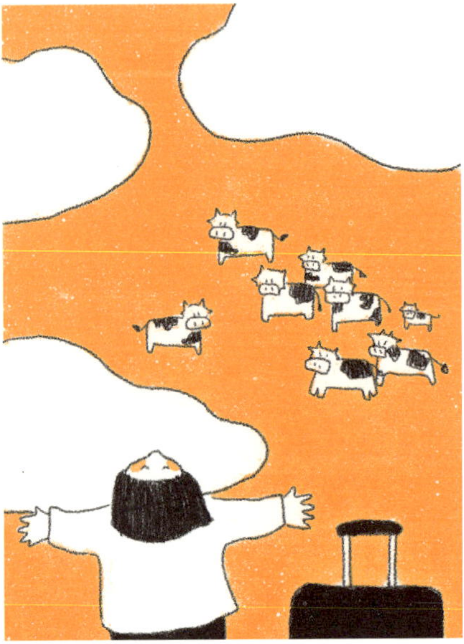

◎ **重塑**

旅行的意义
是把自己放进一个很美的地方
蓝天，白云，牛群，草原
这些都在重塑我

◎ 出发

我要出发了
背包里塞了很多空想
有些行李就不带了

◎ 钥匙

我有一把钥匙
不是为了开哪扇门
是要知道
这世界总有一扇门
我是能打开的

◎ 行李

我要是满心欢喜地
收拾好了行李
那里面一定也有
我拿来对抗苦难的武器

◎ **闭眼**

当我闭上眼睛的时候

灵魂在想象中旅行

那个时候

才最自由

◎ 朋友

我心里有片天
偶尔会塌下来
总有一些朋友
拉着我一起顶着

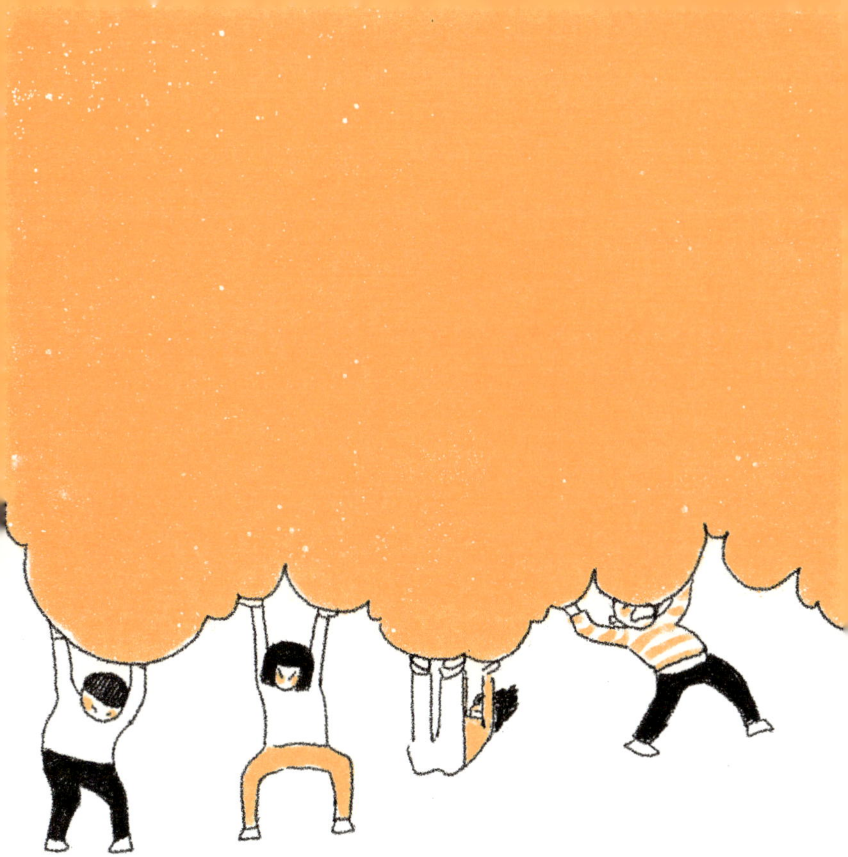

◎ 期待

我可以不用符合任何人的期待

这是我对这个让人失望透顶的世界的小小报复

◎ 今天

最好的一天
是今天
什么都来得及
也有可能发生

◎ 决定

深夜做下的种种决定

睡醒之后的我

可不买账

◎ 入口

当我终于停下脚步
注意到路边的一朵野花
　　　我想
我找到了春天的入口

◎ 向善

我相信人性本恶
所以我这一生
必定是向善的一生

◎ 啤酒小串

烧烤摊的规矩是

几瓶啤酒,一把小串

有滋有味地把苦都咽下

◎ 同伙

天一暗下来
就是默认了一场狂欢
我必须去醉一场

◎ **没关系**

有什么关系啊
反正是自己的人生
搞砸几件事情
轮不到别人来怪你
重来就是

◎ 算了

"那就算了"
偏执的时候
这是我唯一的座右铭

◎ 网

城市是一张巨大的网
人类来回千万遍
织着密密的线

◎ 不同

别拿自己的不同当作错误
要去找跟你选一样答案的人

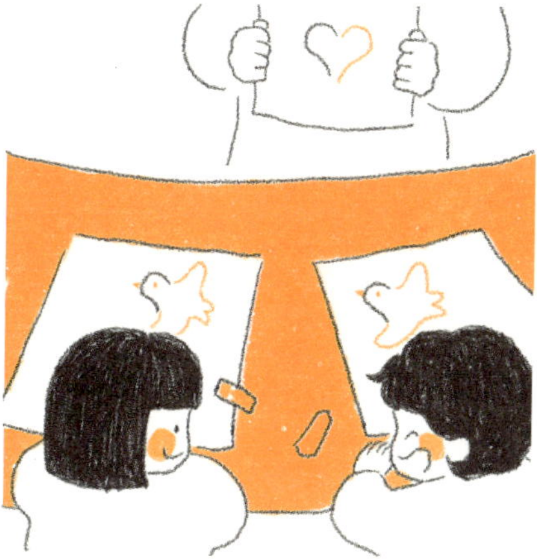

◎ 不顺路

明明这个世界的人很多
却总有座位空着
又是一趟孤独的旅程
多的是人不顺路

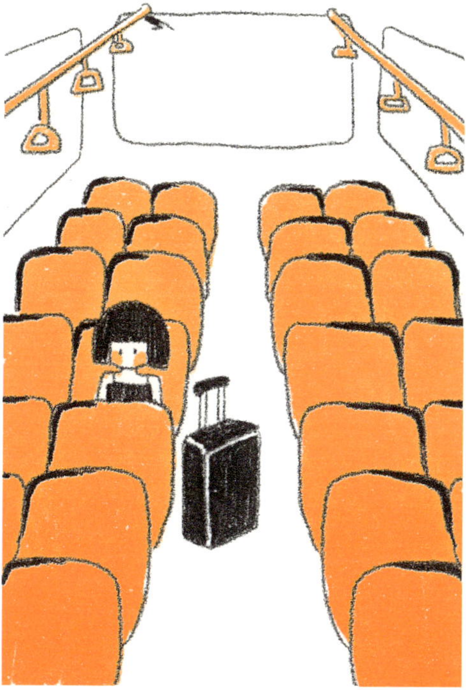

◎ 椅子

椅子的存在
是为了让你知道
你可以停下来

◎ **遗址**

我看过江上的大桥
从两头修,在中间合
我去到你那里的桥
只修了一半
这世上又多了一个爱的遗址

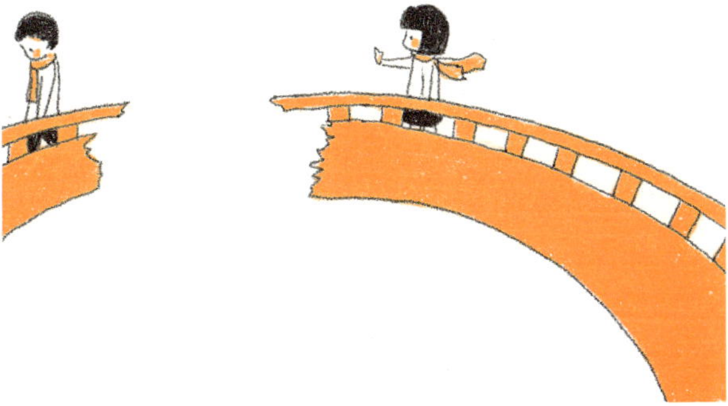

◎ 寻找

有一天
我不再庸碌地寻找世界的真相
也不再盲目地去找人生的意义
我决定先找到自己

◎ 别心急

有些能力
就是一到时间
世界才会发放给你
比如某个瞬间
我突然懂得爱

◎ 路灯

街边的路灯像我
在白天时隐形
往最深的夜里躲

◎ **允许**

我允许我在角落
也允许一束阳光找到我

◎ 拥有

我至今一无所有
所以接下来的每一天
我都会拥有

篇章四

盛大的约会
SHENGDA DE YUEHUI

◎ 失控

世界朝我倾斜
你不受控制地走向我

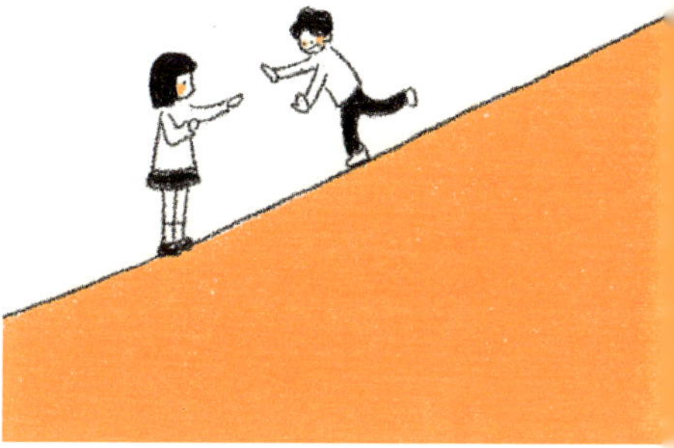

◎ 安检

年少的时候
门总是大敞着
路过的人进来看上一眼
陌生的人进来聊上几句
后来我设置了安检
只允许跟我同频的人进入

◎ **留言簿**

最初还有些两个人的小秘密
然后变成我一个人的日记
最后就只剩无人翻阅的空白

◎ 回忆

小孩一玩就是一整天
他们对这个世界全是好奇
老人一坐就是一整天
他们对这个世界只剩回忆

◎ 路口

我往左边走时
总好奇右边
走过的每个路口
都是一次小小的遗憾
我要习惯遗憾
也要在自己的路上满怀期盼

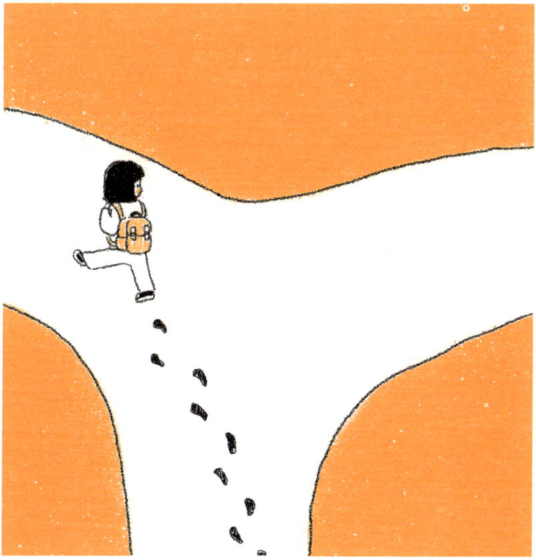

◎ 梦是什么颜色

我好奇梦是什么颜色
但它并不想让我知道
天一亮
它就从我的脑子里溜走

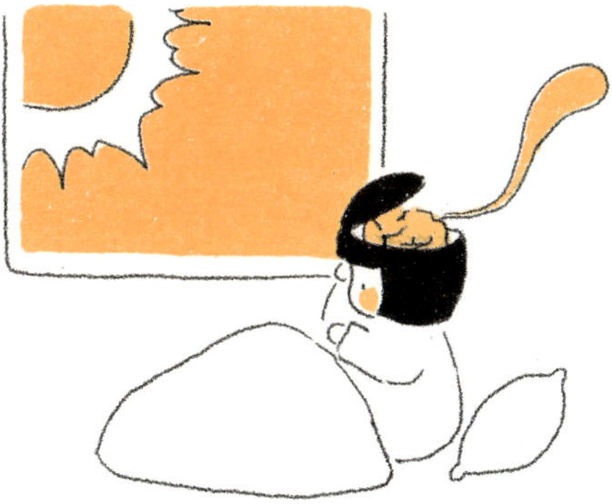

◎ 原地

停在原地的人
是太过于害怕
走错了路

◎ **赴约**

我会在每一天
都隆重地装扮自己
穿过凝视着我的人群
去赴和自己的约会

◎ 胜利

城市里的山
是那些高楼大厦
很多人爬了半辈子
在上面插上自己的旗

◎ 一天

我正在耐心地把人生这副牌凑好
等到有一天
帅气地大喊
胡了

◎ **难测**

你淋着雨
　　说
天气难以预料
我擦擦眼睛
　　说
我当然知道
就像你一样

◎ 三行小诗

你在我这里
只是写在书本某一页的三行小诗
但是永远写在那里

◎ 完整

你想听一个完整的故事
就要亲自来问我
道听途说的那些
要么太长,要么太短

◎ 和好

我爱看人们吵架
但我真正关心的
是他们如何和好

◎ 一天

睁开眼看到的第一个人
闭上眼看到的最后一个人
你让我的一天完整

日记本

爷爷奶奶的日记本里
有很多平凡的小事
连起来
那也是白纸黑字的一生

◎ **珍惜**

越珍惜的东西
越被放在高处
　　碰不到
　反倒蒙了灰

◎ **小小世界**

这么多年之后
我的心里
有地震、火山、海啸
有阳光、鲜花、风暴
我已经是一个小小的世界了

◎ 瞬间

我抓住过一颗流星
尽管它还是变成毫不起眼的石头
那也足够了
我要的本来也只是那个瞬间

噩梦

我在每一场噩梦里幸存
总好过看着每一场美梦都落空

来路

我背着一袋子石头
一路泥泞,一路脚印
所以我每每回头
都来路清晰

◎ 自由

最娇贵的那朵花

要风得风,要雨得雨

偏偏要不到自由

还好我是野草

◎ 保温

我有一个保温杯
里面存着得到过的各种善意
我能善良多久
就能被温暖多久

◎ 看情况

我一个人往前
去享受旅途
直到遇到另一个人
分享各自一半的旅程
再共谋另一条新路
如果遇不到
我一个人走完全程

构成

我可以只在别人心里占据一个角落
但那构成了我的整个世界

◎ 迷宫

在遇见旷野之前
我们必须先从这个迷宫里走出去

◎ 谎言

"永远"是人类最大的谎言
　　其次是"以后"

双刃

像我这样的人
交出的爱意是一把双刃剑
我们都别想全身而退

配合

我们沿街打劫一些快乐
我负责踩点
你负责放风
看烦恼有没有追来

◎ **真实**

落日有着太阳将死的热烈
我们把最真实的自己留给了青春

篇章五

如果有人来哄我
RUGUO YOUREN LAI HONGWO

◎ 糖衣药片

有些病久治不愈
会不会是因为
它需要的不是药片
是糖果

失眠

失眠的人
是落到地上的星星
天一黑
它们开始闪烁

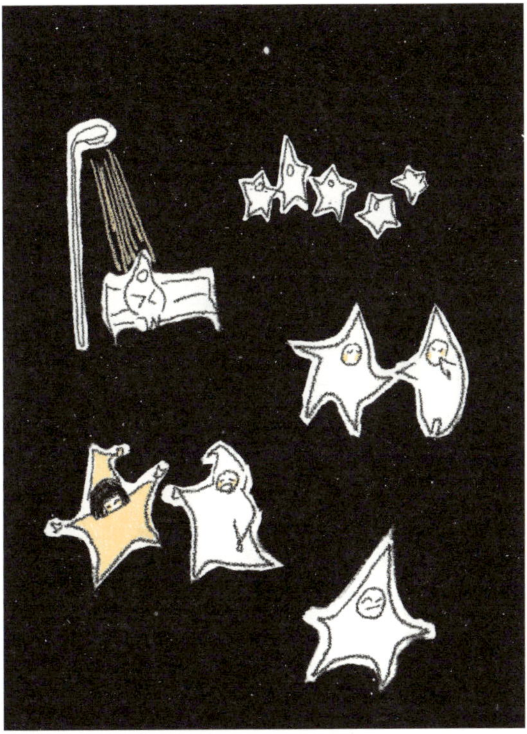

◎ 位置

我想和上帝交换一双眼睛
清楚地在这个世界里找到自己

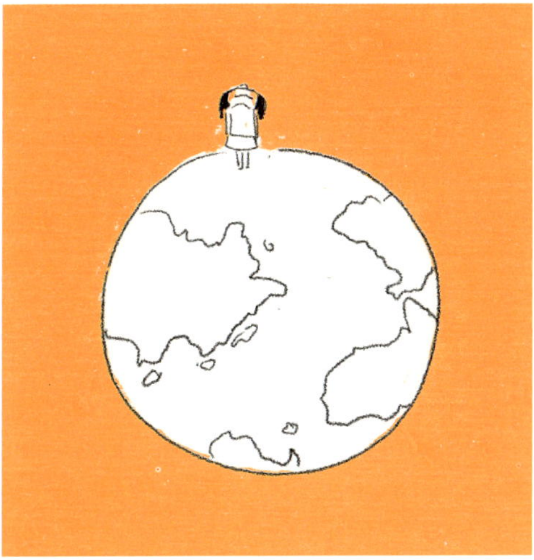

◎ 人间失序

我偏爱一些失序的时刻

忘记带伞的下雨天

突然冲撞过来的陌生人

我就这么爱上另一个冒犯的灵魂

好像这个世界也可以如此合理地不合逻辑

◎ **车流**

车流是被隔绝的人流
我们在同一条路上
但见不到彼此

◎ 叛逆

我叛逆的那几年
拳头总是握得很紧
松开拳头
我两手空空

◎ 心跳

特别安静的时候
我听过神明的声音
是我的心跳

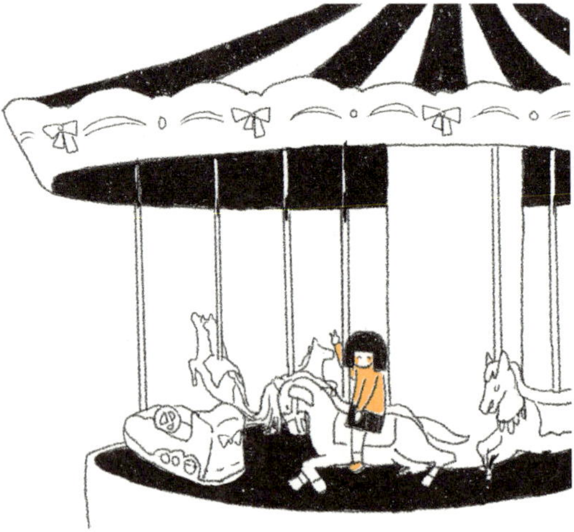

◎ **游乐场**

世界只是你的游乐场
你可以大胆一点
别浪费这张门票

乌云

我已经准备好被雨淋透
一阵救命的风
把头顶的乌云吹到身后
那是我的朋友

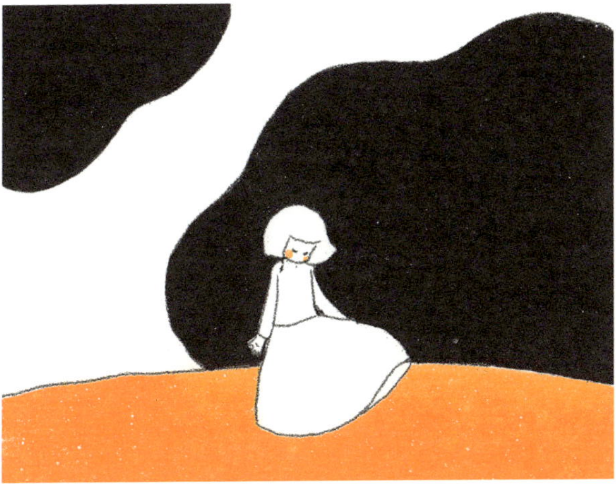

◎ 剩饭

饭被剩下来

变得又冷又硬

小心地报复那个最后吃掉它的人

◎ 一起吃饭吗？

我常缩在日积月累的壳里
但总有人不厌其烦地叩响
问我
一起吃饭吗？

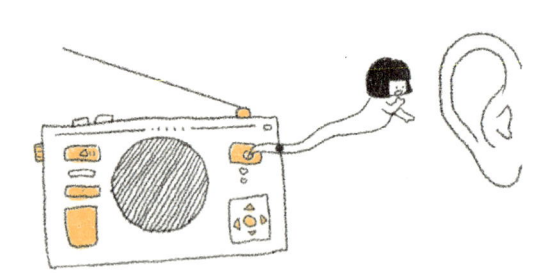

◎ 收音机

我把自己存得满满的
对着要来倾听的人
我永远有下一首

◎ 十八

我的身体里住着一个"我"
我在十八岁遇见她
然后
她一直十八

◎ 打扰

只要放不下手机
一个人的房间里
也能长出好多只手
每一只都能打扰到我

◎ 高烧

为了跟你玩游戏
手机发了一场又一场久不退热的高烧

◎ 打扫

酒瓶倒在街边

天亮时

就有一些心事被一起打扫了

◎ 闷气

我把气都往肚子里倒
如果有人来哄我
我就说
我只是喝了一瓶可乐

◎ 桂花香味

调皮的小孩塞一把桂花给我
我从未如此真切地拥有过秋天

◎ **消气**

似乎每一包薯片都比我还生气
我买上一大堆
撕开包装袋的时候
一起消了气

◎ 独处

偶尔也让我自己待着吧
没人来消耗
我自然有"充满电"的时候

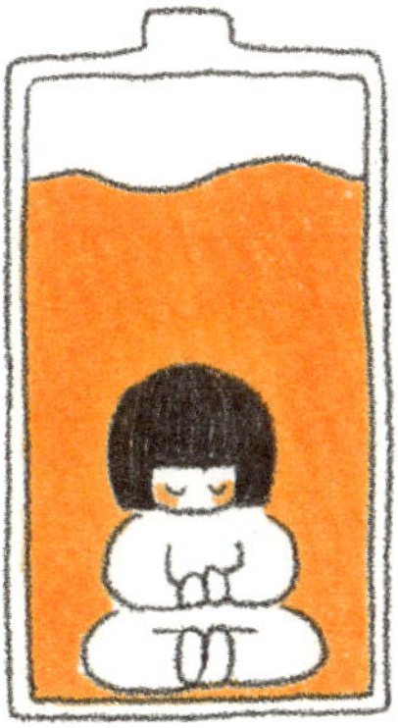

◎ 遗憾

有了遗憾
快乐就不完整了
但快乐本来就只是很多个瞬间
而遗憾会穿过漫长的一生

◎ 小乡

故乡的水
常围着故乡流
故乡的人
走不出故乡的愁

◎ 消失

我偶尔短暂地消失一下
不关心任何事情
"放空"让人变得透明

◎ 减负

人一旦放掉所欲所求
所有问题都不必非要对应一个答案
或者
你能接受不止一个答案

◎ 等

会有一束花
等我到了才开
会有一扇门
一直等我回来
会有一个人
因为我在才觉得完满
我相信
这个世界是在等着我的

谢谢你

我被困在那个冬天
直到有人满身阳光
像夏天一样朝我伸出了手
我才知道
我错过了多少个四季

◎ 愿望

星星夜跑一趟
抓住一箩筐凡人的愿望

◎ **答案**

那些我还没找到的答案
一定就在我还没去过的地方

◎ 交接仪式

老婆婆卖花

小姑娘买花

她们在路口

交接一场美丽的青春

◎ 问路

我问路人

哪里有路

路人随手一画

你能看到的都是路

你看不到的

走过去

就看到了

◎ 荔枝

如果你实在不会描述我

那就试着形容我

不说我白白胖胖

说我像荔枝一样

◎ **告别**

睡眠是一场小型的告别仪式
告别世界
也告别今天

◎ **晚安**

有什么好忧虑的
度过今晚十二点
我们还有明天

好消息

今天你过得不好的话
那就告诉你一个好消息
今天就快结束啦
今天你过得很好的话
那就再告诉你一个好消息
明天会比今天更好的

◎ 台灯

安心地睡去之前
随手关掉我床头的太阳

图书在版编目（CIP）数据

和你一起陪地球晒太阳 / 坏心小孩著 . -- 武汉：长江出版社，2024.9. -- ISBN 978-7-5492-9563-0

I. I227

中国国家版本馆 CIP 数据核字第 2024JU5069 号

和你一起陪地球晒太阳 / 坏心小孩 著
HENI YIQI PEI DIQIU SHAITAIYANG

出　　版	长江出版社
	（武汉市解放大道 1863 号　邮政编码：430010）
市场发行	长江出版社发行部
网　　址	http://www.cjpress.cn
责任编辑	李剑月
策划编辑	潇　潇
封面设计	0pt
印　　刷	大厂回族自治县德诚印务有限公司
版　　次	2024 年 9 月第 1 版
印　　次	2024 年 9 月第 1 次印刷
开　　本	787mm × 1092mm　1/32
印　　张	7.5
字　　数	113 千字
书　　号	ISBN 978-7-5492-9563-0
定　　价	49.80 元

版权所有，侵权必究。如有质量问题，请与本社联系退换。
电话：027-82926557（总编室）　027-82926806（市场营销部）